.....»A flauta mágica

Wolfgang Amadeus Mozart
e Emanuel Schikaneder

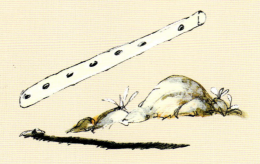

adaptação de Rosana Rios
ilustrações de Nelson Cruz

editora scipione

Gerente editorial
Sâmia Rios

Editora
Maria Viana

Assistente editorial
José Paulo Brait

Preparador de texto
Adilson Miguel

Revisoras
Erika Ramires
Nair Hitomi Kayo

Editora de arte
Marisa Iniesta Martin

Diagramadora
Fabiane de Oliveira Carvalho

Programação visual de capa, miolo e encarte
Aída Cassiano

Elaboração do encarte
Helena Vieira

editora scipione

Av. Otaviano Alves de Lima, 4400
Freguesia do Ó
CEP 02909-900 – São Paulo – SP

ATENDIMENTO AO CLIENTE
Tel.: 4003-3061

www.scipione.com.br
e-mail: atendimento@scipione.com.br

2013

ISBN 978-85-262-6009-2 – AL
ISBN 978-85-262-6010-8 – PR

Cód. do livro CL: 735106

1.ª EDIÇÃO
10.ª impressão

Impressão e acabamento
Corprint

Traduzido e adaptado de *Die Zauberflöte*, libreto de Emanuel Schikaneder. Encarte de gravação Emi-Odeon/ Angel, 1964.

• • •

Ao comprar um livro, você remunera e reconhece o trabalho do autor e de muitos outros profissionais envolvidos na produção e comercialização das obras: editores, revisores, diagramadores, ilustradores, gráficos, divulgadores, distribuidores, livreiros, entre outros.

Ajude-nos a combater a cópia ilegal! Ela gera desemprego, prejudica a difusão da cultura e encarece os livros que você compra.

• • •

EDITORA AFILIADA

Dados Internacionais de Catalogação na Publicação (CIP)
(Câmara Brasileira do Livro, SP, Brasil)

Rios, Rosana

 A flauta mágica / Wolfgang Amadeus Mozart e Emanuel Schikaneder; adaptação de Rosana Rios; ilustrações de Nelson Cruz. – São Paulo: Scipione, 2005. (Série Reencontro Infantil)

 Título original: Die Zauberflöte.

 1. Literatura infantojuvenil I. Mozart, Wolfgang Amadeus, 1756-1791. II. Schikaneder, Emanuel, 1751-1812. III. Cruz, Nelson. IV. Título. V. Série.

05-6036   CDD-028.5

Índices para catálogo sistemático:
1. Literatura infantil   028.5
2. Literatura infantojuvenil   028.5

Sumário

A luta contra a floresta 5

A missão 7

A princesa vigiada 13

O Templo da Sabedoria 16

A fuga 19

A Prova do Silêncio 24

O punhal 28

O silêncio e a flauta 32

A reprovação 36

A razão do silêncio 39

O fogo e a água 40

Nem tudo está perdido 44

A vitória sobre a noite 45

Quem foi Mozart? 48

Quem é Rosana Rios? 48

Quem é Nelson Cruz? 48

A luta contra a floresta

A floresta era fechada, escura, cheia de cipós emaranhados e troncos retorcidos. Ouvia-se apenas o som do vento nas folhas, quando o silvo da enorme serpente perturbou a paz da mata.

– Sssssssssssss!

E, logo mais, um grito humano:

– Socorro!

Um rapaz tentava abrir caminho entre os troncos. Tinha as mãos e o rosto arranhados; carregava um arco, porém não havia mais nenhuma flecha. Exausto, ele tropeçou na raiz de uma árvore e caiu numa ribanceira.

Fazia horas que estava perdido naquela floresta desconhecida. Tinha preparado o arco para se defender, mas a mata era traiçoeira; as trilhas pareciam armadilhas traçadas de propósito para enganar os viajantes. Caíra em várias fendas ocultas e, quando afinal encontrou uma clareira, viu surgir do nada uma enorme serpente.

As forças da natureza pareciam lutar contra ele! Castigado pela floresta e perseguido sem piedade pelo réptil, usou todas as flechas, mas não acertou o alvo. E, sem flechas, seu arco de nada servia.

Mas ele não desanimava. Após a queda, levantou-se, subiu pela encosta da ribanceira e conseguiu chegar a outra clareira. Porém, ali, a serpente jogou-se sobre ele, enlaçou seus pés e enrolou-se em seu corpo. Enquanto desfalecia, o rapaz teve um último pensamento: "Estou perdido...".

O monstro afrouxou o aperto ao sentir que sua vítima perdia os sentidos. Foi então que uma lança o feriu por trás, e um jato de sangue fumegante manchou o solo. A serpente ainda silvou uma vez, antes que duas outras lanças a atingissem... Tombou ao lado do corpo do rapaz.

Três mulheres, vestidas como guerreiras, se aproximaram.

– Morta! – disse a primeira, examinando o corpo da serpente.

– Mas ele ainda está vivo... – observou a segunda, vendo o rosto pálido do rapaz.

– Um belo jovem – completou a terceira, tocando-lhe a face.

As três o cercaram, examinando-o com calma.

– Roupas nobres. Filho de rei, com toda a certeza. Devemos avisar a senhora.

A primeira delas, que parecia no comando, ordenou:

– Muito bem. Vocês vão falar com a rainha, eu tomo conta dele.

As outras duas, porém, pareceram não gostar da ideia.

– Não, vocês vão, eu fico aqui para protegê-lo.

– Por que você? Fico eu, e vocês voltam ao palácio.

Durante algum tempo as três discutiram, sem chegar a nenhum acordo. Afinal, a que comandava decidiu:

– Ele está profundamente adormecido, e não corre mais perigo. Vamos juntas avisar a rainha.

Nenhuma das três Damas Guerreiras se mostrava satisfeita em deixar o rapaz sozinho, mas acabaram sumindo floresta adentro.

A missão

Assim que os sons de seus passos cessaram, um novo ruído se ouviu na mata: um trinado, como o de um pássaro. Logo, uma estranha criatura aparecia na clareira. Era um rapaz com um nariz que lembrava o bico de uma ave; em sua cabeça crescia uma espécie de penugem em vez de cabelos, e suas roupas eram feitas de penas.

Veio andando despreocupado. Desceu uma grande arapuca de galhos, que trazia às costas, e soprou em um pequeno apito. Era um som que imitava o canto dos pássaros.

Ele olhou em torno para ver se o som atraíra alguma ave, e foi então que deu com a vítima da serpente, caída no extremo da clareira, que estava acordando justamente naquele instante.

Os dois jovens se olharam. O que acordara falou primeiro:

– Como é o seu nome?

– Papagueno, é como me chamam. Vivo aqui na floresta. Apanho pássaros para enfeitar o palácio real.

– Quem é o soberano deste reino?

– A Rainha da Noite. Ela é muito poderosa! Manda em todas as terras, do vale até a montanha, mas nunca sai do palácio. Eu entrego os pássaros que capturo para as suas damas, e em troca elas me dão comida e bebida.

– Eu me chamo Tamino – apresentou-se também o outro –, e venho de uma terra distante, onde meu pai é rei.

Papagueno, mexendo na arapuca, olhou-o com curiosidade.

– Um príncipe! Você não devia andar sozinho por aqui. A floresta é perigosa... Ainda bem que o encontrei. Comigo estará seguro.

– Então – concluiu Tamino – foi você que matou a serpente!

Foi só naquele momento que o apanhador de pássaros viu a cobra morta ali perto. Ia berrar de medo, mas percebeu que ela não se movia. E respondeu:

– Ah, fui eu, sim. Estou acostumado a caçar pela floresta, a apanhar minhocas, pássaros, serpentes...

O príncipe olhou-o, desconfiado.

– Você parece tão fraquinho...

– Fraquinho, eu? – ele protestou. – Nada disso, sou valente, forte e...

– E mentiroso – disse uma voz de mulher, atrás deles.

Os dois viram aproximar-se as três damas da rainha. Tamino as recebeu com uma reverência, e Papagueno com um risinho amarelo. Vendo as lanças afiadas que elas levavam, o príncipe logo percebeu quem é que realmente havia vencido a terrível serpente.

– Sabem... – começou o homem-pássaro – é que...

– É que você diz muitas mentiras! – completou a primeira dama.

– Temos um remédio para isso – continuou a segunda.

– Afinal, boca fechada não pode mentir – encerrou a terceira.

No instante seguinte, Papagueno já não conseguia abrir a boca.

Um cadeado mágico o impedia de falar. Desesperado, ele saiu correndo pela mata, e as três mulheres saudaram Tamino.

– Seja bem-vindo, príncipe! Somos servas da senhora destas terras.

– A Rainha da Noite! Informamos a ela sobre sua chegada...

– E ela nos pediu que lhe entregássemos isto.

Deram a ele um pequeno porta-retratos, feito um camafeu, onde havia a imagem de uma bela moça. Tamino ficou fascinado ao vê-la.

– Esta é Pamina, a filha da rainha – explicou uma dama.

– Ela desapareceu há alguns dias. Foi raptada por Sarastro, um poderoso feiticeiro que vive além da montanha.

– Nossa rainha pede a sua ajuda, príncipe. Somente alguém de muita coragem poderá entrar nas terras de Sarastro e trazer a princesa de volta.

Tamino ficou indignado ao imaginar a bela jovem nas mãos de um feiticeiro.

— Se depender de mim — bradou —, Pamina será libertada!

Mal ele completara a frase, o céu começou a escurecer. Nuvens reuniram-se sobre a mata, e um vento súbito trouxe o som de trovões. As três damas estremeceram e curvaram-se, em reverência.

— A rainha! Ela está vindo!

Alguma mágica estava acontecendo. O dia claro virou noite de repente, e o céu foi se enchendo de estrelas. Uma imensa lua surgiu do nada e, num instante, a Rainha da Noite estava na frente do príncipe Tamino.

Era uma mulher bonita, e, mesmo sem estar vestida com roupas ricas e luxuosas, dava para ver que se tratava de uma rainha.

— Não tenha medo — ela disse.

E começou a falar sobre o rapto de Pamina, levada para longe por Sarastro. Mas não foi preciso pedir a ajuda de Tamino: antes que ela terminasse de falar, o jovem já se havia decidido a penetrar no outro reino, vencer os guardas de Sarastro, libertar a linda princesa e trazê-la de volta.

O príncipe nem percebeu a rainha sumir e o sol voltar a brilhar: não tirava os olhos do camafeu com o retrato de Pamina.

Ouviu, então, gemidos; era Papagueno tentando falar. Porém, com o cadeado mágico na boca, só o que conseguia dizer era: "Hum, hum, hum..."

Tamino ficou com pena dele, mas nada podia fazer. Não entendia por que as damas da rainha o tratavam com tanta crueldade, quando viu que elas estavam voltando. Uma delas libertou Papagueno do cadeado, fazendo-o prometer não mentir mais. Ele desandou a falar, feliz da vida...

A outra dama entregou a Tamino uma flauta, dizendo:

– Receba este presente de nossa rainha, príncipe. É uma flauta mágica, que o protegerá: tem o poder de espalhar a alegria.

Maravilhado, Tamino aceitou a flauta. Enquanto isso, Papagueno pegou sua arapuca e se preparava para ir embora. Mas, quando ele começou a se despedir, a terceira dama o interrompeu.

– Espere! A rainha decidiu que você deve acompanhar o príncipe às terras de Sarastro.

– Eu?! – berrou ele. – Não, muito obrigado! Esse Sarastro deve ser feroz, é capaz de me depenar, me assar e dar de comer aos cães!

– Você precisa ir, são ordens da rainha. E também temos um presente para você – disse a primeira dama, entregando-lhe uma caixa.

O apanhador de pássaros a abriu e encontrou sininhos prateados que, segundo as damas, também eram mágicos e iriam protegê-lo.

Assim, Tamino e seu acompanhante prepararam-se para partir rumo ao reino de Sarastro, mesmo sem saber ao certo como chegar lá. As damas disseram que, caso precisassem de ajuda, havia três gênios na floresta que apareceriam para guiá-los.

Sem perder mais nem um minuto, eles iniciaram a viagem. Andaram por muito tempo, conversando e abrindo caminho pela mata, até ultrapassar os morros.

Depois de muito caminhar, chegaram a terras habitadas. Pararam numa bifurcação diante de enormes jardins e decidiram se separar. Combinaram que, se Papagueno achasse Pamina, soaria seu apito de chamar pássaros; e, se fosse Tamino que a encontrasse, ele tocaria a mesma melodia com a flauta.

A princesa vigiada

Enquanto isso, além da mata e dos jardins, no luxuoso quarto de um palácio, três servos conversavam e arrumavam ricas mesas e magníficos tapetes.

– Ela fugiu de novo – dizia um deles.

– Bem feito para Monostatos! – outro comentou.

– Sarastro vai ficar furioso quando souber que ele deixou a princesa escapar – murmurou o terceiro.

– Furioso ele vai ficar quando souber que Monostatos quer se casar com ela! – acrescentou o primeiro servo, rindo.

Ouviram passos. Uma grande porta que dava para os jardins abriu-se. Monostatos apareceu no quarto arrastando uma jovem pelo braço.

– Para dentro, meu pássaro! Se tentar fugir outra vez, estará perdida!

A moça retrucou, com raiva:

– Pois prefiro morrer a pertencer a você, Monostatos!

E, livrando-se dele, jogou-se sobre um sofá.

O carcereiro, que era muito feio, riu maldosamente e ordenou:

– Vamos buscar cordas e correntes. Pamina vai desistir de tentar fugir se estiver acorrentada. Venham comigo!

Os três servos saíram, seguidos pelo amo. Quase ao mesmo tempo, um vulto entrou silenciosamente no aposento.

Era Papagueno. Tinha atravessado os jardins e, ao encontrar aquela porta aberta, resolveu entrar. Logo em seguida, Monostatos voltou, desconfiado, pois julgou ter ouvido sons estranhos por ali.

Nenhum havia percebido o outro, até que trombaram no meio do quarto.

– Aaaah! – gritou o apanhador de pássaros.

– Uaaai! – berrou o outro.

E ambos saíram correndo, escapulindo pelos lados de onde tinham vindo. Cada um deles julgava jamais ter se deparado com criatura tão esquisita. Para Papagueno, Monostatos parecia um monstro ameaçador. O carcereiro pensou que aquele homem-pássaro fosse alguma criatura selvagem da floresta.

Foi Papagueno quem primeiro se recobrou do susto. Voltou ao quarto resmungando que não deveria ter fugido. E, dessa vez, não viu o estranho ser que o assustara, apenas uma jovem que se levantava do sofá, tentando descobrir o motivo da gritaria. Ele a reconheceu no mesmo instante, lembrando-se do retrato que a rainha mandara ao príncipe.

– Pamina! – ele a chamou. E, antes que ela fugisse, explicou: – Eu sou Papagueno. A Rainha da Noite nos enviou.

Mais confiante, a princesa aproximou-se dele.

– O apanhador de pássaros! – disse. – Eu me lembro de você.

– Sua mãe mandou um príncipe para salvá-la. Venha, vamos nos encontrar com ele – convidou.

Mas Pamina ainda parecia em dúvida.

– Que príncipe é esse? Por que minha mãe o enviou para cá?

– Tamino é o nome dele, e está apaixonado por você – desandou a falar o tagarela. – Assim que viu seu retrato, ele jurou à rainha que iria salvá-la do terrível feiticeiro que a raptou, e então...

– Sarastro! – lembrou Pamina. – Ele me mantém sob vigia. Monostatos já me capturou uma vez. Logo estará de volta, vamos fugir!

– Sim, vamos, temos de encontrar o príncipe.

Saíram do quarto, atravessaram o jardim e seguiram para o bosque circundante. Ao passarem pelos portões, ele soprou seu apito, fazendo soar o trinado. Logo, ambos ouviram um eco daquele som.

– É o príncipe! – disse Papagueno. – Quando nos separamos, combinamos de nos encontrar pelo som: eu com meu apito, ele com sua flauta.

– Veio daquela direção – indicou Pamina, toda animada.

Papagueno fez trinar de novo seu pequeno instrumento. E mais uma vez ouviram o mesmo acorde ao longe.

– Por ali, vamos!

Sem perder tempo, entraram no bosque atrás do som que os guiava.

O Templo da Sabedoria

Conforme andava pelo enorme bosque, Tamino podia ouvir os ruídos de vários animais ocultos pelos arbustos. Depois de separar-se de Papagueno, tinha enveredado por uma região de mata mais densa.

Em certo momento, sentindo-se perdido, viu surgir diante dele três meninos. Eram os gênios que as damas da rainha tinham mencionado.

Eles começaram a falar, e suas vozes sugeriam mágica: lembravam sinos de Natal, caixinhas de música... Disseram a Tamino que os seguisse, iriam guiá-lo. O príncipe obedeceu, e eles o levaram a uma estrada estreita.

— Este é o caminho — disseram-lhe. — Seja firme, discreto e obediente, e você encontrará o que procura.

Tamino ainda tentou perguntar:

– Digam-me, eu conseguirei libertar Pamina?

Os gênios, porém, já haviam desaparecido, e o príncipe conseguiu ouvir apenas o eco de suas últimas palavras.

Imaginando o que poderia acontecer então, Tamino seguiu pelo caminho indicado. Chegou a uma clareira e viu uma grande e imponente construção que se misturava ao bosque. Havia três entradas: na da esquerda, o jovem leu a inscrição "Templo da Natureza"; na da direita, "Templo da Razão"; e, sobre a entrada central, estava escrito "Templo da Sabedoria".

Ficou maravilhado com a beleza da construção. Aproximou-se da entrada da esquerda, mas não pôde prosseguir. Era como se uma força oculta e vozes inaudíveis dissessem que ele não tinha permissão para entrar ali. Tentou a porta da direita e também se sentiu repelido. Então aproximou-se da porta do meio, pela qual, finalmente, conseguiu entrar.

Por dentro, o templo era ainda mais belo. O príncipe estava admirando o portal e as colunas quando um homem idoso se aproximou.

– O que procura neste lugar sagrado? – indagou o estranho.

Um tanto intimidado, Tamino respondeu:

– Trago apenas boas intenções.

O homem, no entanto, olhou-o como se já o conhecesse e retrucou:

– Não parece. Foi a vingança que o trouxe aqui...

– Vingança? – rebateu o rapaz. – Pode ser... Tenho uma missão a cumprir, e para isso devo combater Sarastro.

– Pois saiba – explicou o homem – que Sarastro é o senhor do Templo da Sabedoria. Seja qual for a sua missão, está enganado a respeito dele.

– Impossível! – disse Tamino, intrigado. – Sarastro trouxe Pamina para este reino contra a vontade de sua mãe. Isso não é verdade?

O homem sorriu misteriosamente ao responder.

– Sim, o que diz é verdade. Mas não deveria julgar Sarastro sem conhecê-lo... Infelizmente, nada posso revelar a você. Mais tarde, quando se tornar um de nós, você entenderá.

O príncipe ficou ainda mais intrigado com as explicações do homem. Quando tentou responder-lhe, viu que ele havia desaparecido. Frustrado, saiu da construção e voltou ao bosque.

Depois da claridade do templo, a mata lhe pareceu escura e confusa. Sem saber o que fazer, pegou a flauta mágica e começou a tocar...

Talvez graças à mágica da flauta e da música suave que ela produzia, Tamino sentiu-se melhor e teve a impressão de ouvir uma voz dizendo que logo suas perguntas teriam resposta e que Pamina estava viva.

Tocou mais e pôde verificar quanta magia possuía a flauta. Vários animais, que ele percebera escondidos na mata quando caminhava, apareceram, atraídos pela música. Mesmo os selvagens pareciam calmos e pacíficos, aproximando-se apenas para apreciar a beleza da melodia.

Foi então, ao fazer uma pausa, que ele ouviu um trinado. Prestou atenção. Ouviu novamente o som e lembrou-se:

— É o apito de Papagueno!

Tamino tentou imitá-lo com a flauta e logo ouviu outro acorde em resposta. Imediatamente começou a andar na direção do som.

— Talvez tenha encontrado Pamina... e a música vai me guiar até eles!

Sem hesitar, caminhou naquele sentido.

A fuga

Pamina e Papagueno corriam céleres pelo bosque.

Não era fácil andar em linha reta na mata. Tiveram de parar várias vezes para ele repetir o trinado com o apito. Tamino sempre respondia com a flauta, e eles mudavam de rumo, seguindo o som.

De repente, chegaram a uma clareira. E ali, parado, como que à espera deles, estava Monostatos, acompanhado por vários guardas do palácio.

– Ahá! – gritou ele, gargalhando. – Eu sabia! Essa criatura estranha entrou em nossas terras para raptar a princesa! Mas vocês não conseguirão escapar. Prendam os dois!

Os guardas se lançaram na direção dos fugitivos.

– E agora? – Papagueno gemeu, vendo o desespero de Pamina.

Subitamente, lembrou-se dos sinos que as damas lhe tinham dado!

Os soldados já estavam bem próximos quando ele conseguiu abrir a caixinha que levava a tiracolo.

No mesmo instante, soou uma suave música de carrilhão. O som tomou conta da clareira, e os guardas e Monostatos começaram a dançar! Apenas Papagueno e Pamina pareciam imunes ao encantamento...

A moça começou a rir da situação. O ritmo da música mágica dos sininhos aumentava, e, quanto mais rápido eles soavam, mais depressa os perseguidores eram obrigados a dançar.

Formando uma fila grotesca, sem poder evitar, nem mesmo protestar, eles foram seguindo por uma trilha até sumir no bosque. Pamina parou de rir e segurou o braço do apanhador de pássaros.

– Quem me dera ter sempre esses sinos abençoados por perto! Estamos salvos, graças a eles.

– Então vamos embora – suspirou ele, fechando a caixinha –, antes que eles voltem!

Novo trinado da flauta de Tamino os conduziu por um caminho mais largo à frente; porém, mal tinham deixado a clareira e enveredado por ele, encontraram outro grupo de guardas. Estes não traziam o uniforme do palácio, usavam cores diferentes, e Pamina estacou ao vê-los.

— Que foi, agora?

Ela apontou para a estrada, e ele viu, logo depois dos guardas, uma grande comitiva se aproximando. No centro, vinha um homem de semblante sereno, usando túnica e capa vermelho-alaranjadas.

Apavorado, Papagueno ainda tentou correr de volta à proteção do bosque, mas ela o segurou.

— Agora não adianta fugir — explicou a princesa. — É a comitiva do próprio Sarastro; devem estar a caminho do templo... e todos já nos viram.

— O que vamos dizer? — gemeu ele, encolhendo-se como um ratinho acuado.

— A única coisa que podemos dizer — declarou Pamina, resignada. — A verdade.

A essa altura o grupo já havia parado, ao ver a moça na estrada com o estranho acompanhante. Sarastro adiantou-se e dirigiu-se a ela.

— O que faz aqui, Pamina? Pedi a Monostatos que a mantivesse no palácio.

Ela respirou fundo antes de responder. Papagueno aproveitou para esconder-se atrás dela, desejando ser um caracol e sumir dentro da casca.

– Eu fugi. E vou fugir sempre, se me obrigar a casar com Monostatos!

Sarastro olhou-a com estranheza.

– Casar? Com Monostatos? Minha criança, eu não vou obrigar você a se casar com ele, nem com ninguém!

– Pois ele deixou claro que quer o meu amor – continuou ela, mais calma –, e até tentou consegui-lo à força. Mas nunca o terá!

Os conselheiros ao lado de Sarastro começaram a murmurar. Ele fez um gesto pedindo silêncio e dirigiu-se à princesa mais uma vez.

– Começo a entender o que está acontecendo... Fique tranquila, Pamina. Monostatos não vai assediar você. Pelo que vejo, seu coração não está disponível: gosta de outra pessoa, não é verdade?

Ela tentou mudar de assunto.

– Eu só queria voltar para a casa de minha mãe...

Ele sorriu bondosamente.

– Isso não pode ser. Você não vai voltar: a Rainha da Noite arruinaria seu futuro!

– Ela é minha mãe! – zangou-se a princesa.

– E é também uma soberana arrogante! Entenda, Pamina, você já tem idade para sair da sombra de sua mãe.

Ela ia responder, mas naquele momento a comitiva se abriu para dar passagem a uma nova leva de guardas. No meio deles vinha Monostatos. Triunfante, tinha atrás de si dois soldados que traziam, preso, um rapaz.

Pamina o reconheceu, embora nunca o tivesse visto antes.

– É ele! – sussurrou.

Tamino a viu e sorriu.

– É ela! – murmurou.

– Grande Sarastro, veja o que encontrei! – gritou o carcereiro. – Um intruso no bosque do palácio! Ele invadiu nossas terras, junto com aquele pássaro estranho, e é claro que planejavam raptar Pamina!

Os guardas soltaram o jovem, e a princesa imediatamente correu para ele. Tinha a sensação de que já o conhecia havia muito tempo...

– Afaste-se dela! – vociferou Monostatos, fazendo os guardas voltarem a prendê-lo. – Descobri tudo sozinho, não mereço uma recompensa?

– Não! – exclamou Pamina, entre os murmúrios dos conselheiros e a agitação dos guardas.

Mais uma vez, um gesto de Sarastro fez com que todos se calassem. Ele se dirigiu a Monostatos, as sobrancelhas franzidas.

– Você terá a recompensa que merece.

O outro fez uma reverência com seu ar mais bajulador.

– Obrigado, meu senhor, eu...

Mas nem completou o que ia dizer, pois Sarastro já tinha ordenado:

– Levem-no para a masmorra! Será punido por assediar a princesa.

E, enquanto Monostatos era arrastado para longe dali, protestando e jurando vingar-se, Sarastro voltou seu olhar para Tamino e Papagueno.

– Por favor... – pediu a moça. – Solte o príncipe e seu companheiro.

Mais uma vez ele a fitou com bondade, porém se manteve firme.

– Não posso, minha filha, não ainda. Eles serão levados para o templo e interrogados. Depois... veremos.

Ela nada pôde fazer senão olhar, enquanto os guardas levavam Tamino e Papagueno pela estrada.

Sarastro ofereceu o braço à princesa, e ela seguiu junto com ele e a comitiva para a entrada principal do grande templo.

A Prova do Silêncio

Vindo de algum lugar distante, podia-se ouvir o eco de um coro de sacerdotes que cantava em honra aos deuses.

Tamino, preso com Papagueno em uma escura masmorra, ouviu o coral. Ele sabia o que estava acontecendo: os sacerdotes do templo, liderados por Sarastro, iriam aprovar ou não a sua permanência naquele reino.

Foram levados para aquele local com vendas nos olhos. Agora, além dos ecos do coro, escutavam trovoadas distantes; lá fora desabava uma tempestade.

Papagueno estava apavorado. A cada trovão, estremecia inteiro, e não adiantavam os conselhos do príncipe para ter coragem; respondia sempre que não estava com medo, e sim com frio.

Depois de algum tempo, dois sacerdotes entraram na masmorra. Um deles se dirigiu a Tamino e perguntou-lhe o que desejava naquele reino.

– Vim em busca de Pamina, por quem me apaixonei. Mas desejo também alcançar a sabedoria.

O outro sacerdote fez a Papagueno a mesma pergunta.

— O que eu desejo? Comer, beber, dormir e... se for possível, arrumar uma namorada.

Os sacerdotes então conversaram com eles. Explicaram que Sarastro era rei e sacerdote supremo daquelas terras, e que para ficar ali eles deveriam passar por várias provas. Se vencessem, seriam admitidos no templo e no reino. Se não... tudo podia acontecer, pois as provas seriam difíceis, e até mesmo mortais.

Tamino prometeu fazer o possível para passar pelas provas, por amor a Pamina. Papagueno declarou que não estava interessado.

— Nem se a recompensa for o amor de uma bela moça? — indagou o sacerdote. — Jovem, bonita e parecida com você.

— Depende. Posso vê-la? — o apanhador de pássaros começou a ficar interessado.

— Sim, você poderá vê-la, mas não deverá falar com ela.

— Esta é a primeira prova — acrescentou o outro sacerdote —, a Prova do Silêncio. Deverão ficar algum tempo nesta cripta, onde é proibida a entrada de mulheres, e não poderão falar com ninguém.

E saíram, deixando os dois sozinhos no escuro.

Tamino não se importou. Queria pensar no que tinha acontecido desde que se perdera na floresta. Parecia-lhe que havia passado tanto tempo desde que deixara o reino de seu pai... Agora, estava apaixonado por uma bela princesa, invadira um reino misterioso e fora aprisionado.

Não sentia mais raiva de Sarastro. Ele lhe parecera sábio e justo. E, se tivesse mesmo de enfrentar provas difíceis para também se tornar sábio, valeria a pena. Especialmente se pudesse, no final, obter a mão de Pamina.

As horas transcorreram, e, de repente, o príncipe viu que Papagueno corria apavorado para seu lado. Havia surgido uma abertura num canto, e três mulheres, carregando tochas, irromperam na sala de pedra.

– O que fazem aqui? – disse a primeira. – Vocês estão perdidos, presos neste lugar horrível!

Ambos reconheceram as damas da Rainha da Noite.

– Príncipe Tamino, lembre-se da rainha! Esqueceu a promessa que fez a ela?

Ele ia responder, porém recordou a advertência dos sacerdotes: devia manter-se em silêncio. Quanto ao seu amigo, parecia nem se lembrar daquilo.

– Como entraram aqui?! – exclamou ele, mais apavorado ainda.

Tamino deu-lhes as costas e murmurou para seu companheiro:

– Devemos ficar calados, Papagueno.

– Os sacerdotes deste templo são feiticeiros malignos – disse a terceira mulher. – Vocês correm perigo. Venham conosco!

– Mas... para onde iremos? – perguntou o apanhador de pássaros.

– Existem passagens subterrâneas secretas. A rainha entrou por uma delas, está aqui perto nos esperando.

– A rainha? Aqui, no templo?! – berrou Papagueno, incrédulo.

– Silêncio! – Tamino tornou a recomendar. – Não se esqueça da promessa.

Mas as três damas não desistiriam tão facilmente. Aproximaram-se dos dois rapazes, tentando levá-los para a abertura da cripta.

– Por que nos trata assim, príncipe? Somos suas amigas. Viemos aqui para ajudar!

Ele se afastou delas. Vendo isso, Papagueno fez o mesmo.

– Eu gostaria de ir... mas não posso... tenho de ficar com o príncipe.

As damas olharam para eles, furiosas, mas naquele momento um trovão fez todo o templo tremer; ao mesmo tempo, soaram passos e vozes lá fora.

– Temos de ir! – uma delas sussurrou.

Num instante, as três voltaram pela abertura por onde tinham entrado, e a escuridão tomou conta da masmorra outra vez: a entrada se fechara.

Ambos ainda ouviram vozes e passos por algum tempo, e depois restou o silêncio, interrompido apenas pelos gemidos de Papagueno.

O punhal

Era noite alta, e a lua cheia brilhava sobre os jardins do palácio. Pamina dormia em seus aposentos. A porta que dava para os jardins estava entreaberta, e, sem ser percebido, um vulto esgueirou-se por ela.

Monostatos entrou em silêncio e ficou admirando a bela moça.

– Por que... – ele murmurou – ela não aceitou o meu amor? Também tenho coração, e, se essa fria princesa me beijasse, eu seria feliz.

Ele se inclinou, planejando roubar dela um beijo. Ouviu, porém, passos vindos do jardim e escondeu-se em um canto.

Mas não era nenhum dos guardas do palácio, e sim uma mulher, a Rainha da Noite, que entrou no quarto e sentou-se junto a Pamina.

– Mãe! – murmurou a princesa, acordando e sorrindo.

Porém a Rainha da Noite não tinha para a filha nem sorrisos nem abraços. Em vez disso, mostrou-lhe um afiado punhal.

– Você veio me buscar? – quis saber a princesa. – Vamos embora?

A resposta que obteve foi um olhar gelado.

– É tarde demais para isso – disse ela, colocando a arma nas mãos da filha. – Só há uma maneira de nos livrarmos de Sarastro: matando-o. Tome este punhal, Pamina. Ele não desconfia de você, poderá pegá-lo de surpresa e...

– Matar Sarastro? – a princesa não podia acreditar no que a mãe lhe pedira.

– Por que não? – insistiu a rainha, bela em sua fúria. – A vingança arde em meu peito. Enquanto ele não for morto, não terei paz. Ouça-me! Se você não fizer o que desejo, não será mais minha filha!

Pamina ergueu-se, trêmula; o punhal caiu-lhe das mãos.

– Mãe... não posso!

Mas a rainha não estava mais no quarto. Sumira tão de repente quanto tinha aparecido; apenas a lembrança de suas palavras permanecia no ar: "Se você não fizer o que desejo, não será mais minha filha!"

Nesse momento, o pior que Pamina poderia imaginar aconteceu: Monostatos saiu do canto onde se escondera e apanhou o punhal caído.

– Então é isso que você faz no meio da noite! Planeja matar Sarastro.

– Não é verdade! – protestou a jovem, recuando.

– Pois eu tenho a prova nas mãos, e agora mãe e filha estão em meu poder. E você sabe o que desejo para me calar, minha cara Pamina?... O seu amor.

Ela nem teve forças para responder. Monostatos se aproximou, mas não chegou a tocá-la. Antes que pudesse encostar na princesa, ouviu a voz de Sarastro atrás de si.

– Afaste-se.

Apavorado, largou o punhal e fugiu pelos jardins, sem ser detido.

Pamina chorava. Sarastro abraçou-a e consolou-a.

– Está tudo bem, eu sei de tudo o que aconteceu. Não se preocupe. Nem a rainha nem Monostatos irão magoá-la.

– Minha mãe – soluçou a jovem –, ela...

– Ela se foi, e não vamos persegui-la: a vingança e a traição são sentimentos desconhecidos nestas terras. Agora trate de descansar... Hoje seu pretendente irá passar por várias provas. Mais tarde você poderá vê-lo.

Reconfortada, Pamina enxugou as lágrimas e voltou a deitar-se, pensando em Tamino.

O silêncio e a flauta

Na escuridão da cripta, não dava para saber se era dia ou noite. Tamino e Papagueno tinham perdido a noção de quanto tempo estavam ali.

O príncipe havia meditado muito. Aceitara o fato de que, para ser admitido no templo, e talvez obter a mão de Pamina, precisaria passar por difíceis provas, e teria como única arma sua própria coragem. Papagueno não conseguia ficar calado. Volta e meia puxava conversa, e não adiantava o amigo lembrar-lhe a necessidade de ficar em silêncio absoluto.

De repente ouviram passos, e viram entrar agilmente na masmorra uma mulher encurvada e de cabelos brancos, envolta num manto bastante surrado.

– Trouxe água – disse ela, mostrando-lhes um odre.

Papagueno ficou muito feliz por ter companhia, e desandou a falar com a velha senhora. Ignorou a advertência de Tamino sobre o voto de silêncio. Perguntou à mulher quando iriam trazer-lhes comida, quem era ela, o que estava fazendo ali... Ao que ela prontamente respondeu:

– Vim para visitar meu namorado.

O apanhador de pássaros riu muito.

– Tem um namorado, vovó? E quantos anos a senhora tem?

Ela pensou um pouco.

– Dezoito anos e dois minutos.

Ele riu mais alto ainda.

– Só isso? E como se chama seu namorado?

– Papagueno – foi a resposta imediata.

– Pa... pa... – ele gaguejou.

Antes que terminasse de falar, a mulher havia desaparecido. No lugar em que ela estivera, na cripta escura, estavam agora os três gênios que tinham guiado Tamino na floresta. Traziam pães e frutos.

– Devem alimentar-se – disse um deles.

— Sarastro mandou entregar-lhes isto — explicou o segundo, colocando diante deles a flauta e a caixa dos sinos mágicos.

— Tenham coragem, e continuem em silêncio! — aconselhou o terceiro gênio.

E, imediatamente, desapareceram também.

Papagueno atirou-se aos alimentos. Estava esfomeado, e durante um bom tempo nada falou, com a boca cheia de comida.

Já Tamino parecia não sentir fome. Feliz por ter de volta a flauta mágica, tomou-a e começou a tocar.

Ao fazer uma pausa na música, ouviu passos.

Uma porta na masmorra se abriu, e Pamina apareceu.

— Tamino! — ela exclamou. — Ouvi sua flauta, e o som me guiou até você! Ninguém me deteve desta vez. Finalmente nós vamos poder conversar.

Correu a abraçá-lo. Tomado de surpresa, ele sorriu... mas logo lembrou as palavras do sacerdote, e sentiu um baque no estômago. Tinha se comprometido a ficar em silêncio, e não podia falar com ela.

Tentou delicadamente escapar ao seu abraço. Ficar calado lhe parecia fácil, apenas enquanto estava com outras pessoas. Junto dela, no entanto, tudo mudara... Agora compreendia o quanto aquela prova seria difícil.

Ele se afastou alguns passos e fez a única coisa que lhe veio à cabeça. Levou a flauta aos lábios e recomeçou a tocar.

Ela percebeu que ele estava tocando para afastá-la.

– Tamino, fale comigo! – pediu.

E a única resposta que teve foi uma nova melodia. Angustiado, ele não se atrevia a falar. Sabia que, se não passasse pelas provas, iria perdê-la para sempre... Esperava que ela compreendesse o que estava havendo.

Mas a princesa ficou irritada por ele se afastar quando ela se aproximava.

– Você já não me ama? – perguntou, afinal, com a voz magoada.

E, como nada podia responder, o príncipe não teve coragem de olhá-la. Se seus olhos se encontrassem, fraquejaria... então virou-se de costas.

Chorando, Pamina correu para fora da cripta. E Tamino, ainda com a flauta nos lábios, sentiu também as lágrimas escorrerem por seu rosto. Mas permaneceu em silêncio.

A reprovação

O som profundo de trombetas ecoou nos subterrâneos. Tamino e Papagueno viram as portas da masmorra se abrirem; havia luz por trás delas, e, ao longe, um coro de sacerdotes cantava novamente em honra aos deuses.

Tamino, levando a flauta, passou pelas portas. Papagueno demorou a segui-lo, relutante em separar-se da comida. O príncipe foi parar numa enorme câmara iluminada por tochas. Parecia o interior de uma pirâmide.

Vários sacerdotes vieram a seu encontro e o avisaram que passaria pelas provas finais. Se fosse bem-sucedido, poderia ficar no reino de Sarastro e tornar-se membro de sua congregação.

Ele sabia que essas provas seriam perigosas. Mas estava decidido a continuar. Acompanhou os sacerdotes para fora da câmara.

Quando Papagueno lá chegou, carregando seus sinos mágicos, encontrou um outro sacerdote.

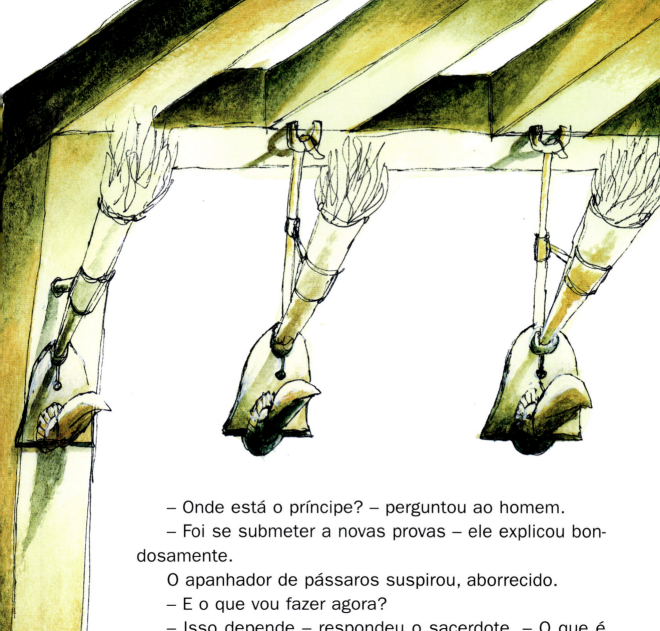

– Onde está o príncipe? – perguntou ao homem.

– Foi se submeter a novas provas – ele explicou bondosamente.

O apanhador de pássaros suspirou, aborrecido.

– E o que vou fazer agora?

– Isso depende – respondeu o sacerdote. – O que é que você deseja?

– Gostaria de um copo de vinho – disse o rapaz, sem pensar muito.

– Então sirva-se.

Papagueno olhou para o lado e viu uma jarra de vinho sobre uma mesa, que não tinha visto antes; parecia ter surgido do nada...

Serviu-se e tomou o vinho com gosto.

– Não há nada mais que você deseje? – tornou a inquirir o homem.

37

– Bem... Eu gostaria de ter uma namorada. Se tivesse alguém, seria muito feliz! Se não conseguir quem me ame, acho que vou morrer de tristeza.

Tomou mais um gole de vinho e... surpresa! A seu lado estava a mesma velha senhora que vira na cripta.

– Aqui estou eu – ela disse, sorrindo.

Papagueno esfregou os olhos. Aquele lugar era cheio de magia: gênios, comida, bebida, pessoas que apareciam e sumiam sem avisar!

– Se você me for fiel, nós poderemos ser muito felizes – ela acrescentou.

– Bem – ele respondeu, pensativo –, pelo menos terei alguém para ficar comigo.

E, aproximando-se, pegou a mão dela. Notou que a mão era macia e perfumada, não a mão de uma pessoa idosa. Olhou-a e... nova surpresa! Diante de si estava uma bela jovem, que, como ele, tinha os cabelos feitos de penugem, e as roupas confeccionadas com penas de aves.

Ele gaguejou.

– Pa... Pa...

– Papaguena – respondeu a moça –, esse é meu nome.

E, mais uma vez, tudo mudou. Papagueno viu-se diante do sacerdote e a jovem havia desaparecido.

– Papaguena! – ele chamou.

– Infelizmente você não passou na prova de nosso templo – disse-lhe ele –, e terá de ir embora.

Assim dizendo, saiu da câmara. Papagueno hesitou por um momento, depois saiu correndo atrás do homem.

– Deve haver um jeito! – clamou, enquanto corria. – Papaguena!...

No entanto, por mais que corresse, não conseguiu encontrar o sacerdote ou a bela moça que prometera ser sua namorada.

A razão do silêncio

Pamina andava sozinha pelos jardins do palácio. Tinha os olhos vermelhos de chorar e carregava um objeto escondido no manto. Parecia perturbada, sem saber para onde estava indo.

De repente, estacou. Em sua frente, apareceu um belo menino de aparência sobrenatural. Olhou ao redor e viu que mais dois se aproximavam. Logo deduziu que eram os gênios da mata.

– O que faz aqui, Pamina? – perguntou um deles.

– Vim encontrar meu prometido – ela respondeu.

– Tamino está no templo e, se pudesse vê-la agora, não ficaria feliz.

A princesa abriu o manto, mostrando que carregava um punhal – o mesmo que a Rainha da Noite lhe dera.

– Tamino já não me ama – disse, magoada –, e não quero sofrer mais com suas falsas promessas. Este punhal agora será o meu companheiro!

– Obscuras palavras – disse outro dos gênios.

– Isso é loucura! – acrescentou o terceiro menino.

– Ele não quis falar comigo – ela gemeu –, nem mesmo olhou-me nos olhos. Tamino não me quer mais, e por isso eu desejo morrer!

Os três meninos a consolaram, e o punhal caiu das mãos de Pamina, antes que ela pudesse ferir-se.

– Nada disso é verdade, princesa. Tamino estava proibido de falar. Venha conosco, você verá as provas que ele está enfrentando por seu amor.

– Será verdade?... – ela indagou, sem acreditar.

– Venha! – disseram os gênios, sumindo na direção do templo.

Ela enxugou as lágrimas que ainda molhavam seu rosto e, sem ligar para o punhal caído ao chão, correu para lá também.

O fogo e a água

A câmara levava a uma caverna subterrânea enorme, cuja entrada era iluminada por grandes tochas. Era como se o templo tivesse sido escavado nas entranhas da terra.

Dois sacerdotes conduziram Tamino até lá. O príncipe estava um pouco amedrontado, mas decidira continuar, qualquer que fosse o perigo que devesse enfrentar. Viu uma inscrição gravada na pedra:

Aqueles que desejam trilhar estes caminhos
devem ser purificados por fogo, água, ar e terra,
e superar o medo da morte.

Os sacerdotes o acompanharam até um canto da caverna, e ele viu duas passagens: uma tinha degraus levando a um buraco que parecia estar em chamas. A outra era uma longa descida até um grande rio subterrâneo. Teria de entrar em ambas, conforme o que estava escrito na pedra, para passar pelas Provas do Fogo e da Água.

– Estou pronto – disse.

Porém, antes que o príncipe entrasse na primeira passagem, ouviu um chamado.

– Tamino, espere!

Era a voz de Pamina. Tomado de surpresa, ele perguntou aos sacerdotes:

– É mesmo Pamina? Posso falar com ela?

Um deles respondeu, escondendo o sorriso:

– Sim, está livre da Prova do Silêncio.

O príncipe voltou-se e viu sua amada correr até ele.

– Eu vou com você – ela disse. – Sei que deve passar pelas provas e não acho justo que faça isso sozinho. A partir de agora, quero estar sempre a seu lado.

Mesmo sentindo-se feliz por saber que ela não estava mais magoada, advertiu-a:

– Pamina, é perigoso. Podemos morrer nesses subterrâneos.

Em resposta, ela tomou sua mão com carinho.

– Não importa: pelo menos estaremos juntos. Vamos!

Vendo que os sacerdotes sorriam, eles reuniram coragem e entraram na caverna do fogo.

Durante muito tempo desceram aqueles degraus escavados na pedra, que ficavam cada vez mais quentes. Parecia que já estavam andando havia horas, quando chegaram a uma espécie de rio incandescente, cercado por arbustos também incendiados. Cheios de queimaduras e respirando com dificuldade o ar quente, os dois pararam sem saber como atravessar aquele fogo.

– A flauta! – lembrou Pamina. – Você ainda tem a flauta mágica!

O príncipe trazia, realmente, a flauta presa a seu cinto. Lembrou como ela havia encantado os animais na mata, e preparou-se para tocar.

Iniciou uma melodia e viu que as chamas diminuíam com a música.
– Continue tocando – disse Pamina –, eu vou guiar seus passos.
Ele se concentrou nos sons, enquanto a princesa seguia à frente, pisando com cuidado nas pedras incandescentes. Com uma das

mãos, ela abria caminho entre o fogo; com a outra, guiava o companheiro. As chamas não os feriram. Mais confiantes, os dois jovens continuaram andando...

Finalmente encontraram um caminho, que subia pelas pedras, e resolveram seguir por ele. Tamino não parava de tocar, pois a música acalmava as chamas.

Acabaram retornando à caverna de onde haviam partido. Estavam cansados e machucados, mas venceram o fogo!

Olharam-se com um carinho profundo. Sem dizer nada, dirigiram-se à outra caverna. Já que precisavam passar pela Prova da Água, que isso fosse feito logo.

Ali também tiveram de percorrer os subterrâneos por muito tempo. Só que agora os caminhos eram úmidos e escorregadios; o calor que tinham sentido antes já não existia: o ar era gelado, e havia água por toda parte.

Depois de andar muito, encontraram uma enorme corrente, bem mais rápida que qualquer rio que Tamino jamais vira. Ondas fluíam e refluíam, e jatos de água espirravam sobre eles. Era como se o rio quisesse tragá-los para o fundo...

O príncipe tomou a flauta. Mais uma vez a moça pôs-se à sua frente, protegendo-o dos jatos de água para que ele conseguisse continuar tocando.

E, de novo, a magia da flauta se manifestou. As ondas recuaram com a música, e a princesa foi andando sem medo em meio ao rio, procurando o melhor jeito de atravessá-lo. Escorregou ao pisar em algumas pedras, mas pôde equilibrar-se e guiar Tamino em segurança.

Exaustos e molhados, enfrentaram toda a dificuldade daquela travessia e conseguiram, afinal, voltar ao ponto de partida. Tamino e Pamina haviam vencido.

Foram recebidos por um grupo de sacerdotes, guardas, moradores do reino. Junto deles estava Sarastro, sorridente. Abraçou e abençoou a ambos, certo de que tudo aquilo por que passaram iria uni-los para sempre.

Nem tudo está perdido

A tarde chegava ao fim, e a mata escurecia. Desanimado, Papagueno caminhava para fora do reino de Sarastro. Parou numa clareira e desabafou:

– Não adianta! Não quero continuar. Desde que vi Papaguena, meu coração queima sem parar. Como posso viver sem uma namorada?

Decidido, colocou a caixa com os sinos mágicos no chão e olhou ao redor.

– Vou-me embora deste mundo impiedoso! Não devo mais continuar a viver!

Estava pensando na melhor forma de terminar com a própria vida, quando viu aparecerem os três gênios da floresta.

– Pare com isso, Papagueno – um deles lhe falou.
– Você ainda pode ser feliz – acrescentou outro.

O apanhador de pássaros choramingou mais um pouco:
– Perdi minha namorada, e não quero viver sozinho. Prefiro morrer!

Foi então que o terceiro gênio riu e apontou a caixa deixada no chão.

– Não seja tolo, Papagueno! Você ainda tem os sinos mágicos. Por que não os usa?

O apanhador de pássaros correu a abrir a caixa, e os sininhos começaram a tocar.

– Como pude esquecer a mágica? Ela já me salvou uma vez. Quem sabe possa trazer minha namorada de volta?

A melodia suave encheu a clareira. Papagueno viu que os três gênios haviam sumido de novo... mas agora Papaguena estava a seu lado.

– Pa... pa... Papaguena! É mesmo você? Vai ficar comigo?

Ela sorriu.

– Sim, serei sua esposa. Ficaremos sempre juntos e teremos muitos filhos!

Eles voltaram ao reino de Sarastro abraçados, falando sem parar sobre quantos papagueninhos falantes teriam no futuro, para alegrar suas vidas.

A vitória sobre a noite

A noite era completa agora. Na encosta da montanha, junto da qual ficava o templo, havia um estranho agrupamento de pessoas: guerreiros, guerreiras e servos, todos armados e segurando tochas.

Subitamente, abriu-se uma passagem escavada nas pedras da montanha, de onde saíram três damas. Atrás delas, vinha sua senhora.

A Rainha da Noite olhou para o exército que esperava por ela e chamou:

– Monostatos! Onde está você?

Aquela figura sinistra surgiu dentre a multidão e curvou-se diante da rainha.

– Aqui, Majestade. Reuni todos os descontentes que encontrei.

Ela passou os olhos pelo exército.

– Não são muitos, mas serão suficientes. A congregação de Sarastro deve estar no templo, celebrando. Nós os apanharemos de surpresa.

– E se tomarmos posse do reino, a senhora cumprirá sua promessa?

Com um sorriso maligno, a rainha respondeu:

– Sim, manterei minha palavra: Pamina será sua mulher. Agora, ao ataque!

Sob as ordens de Monostatos, os guerreiros entraram pelos caminhos secretos da montanha. Mas não conseguiram chegar às salas do templo; era como se a própria montanha estivesse zangada e já esperasse por eles.

Uma tempestade começou a se formar no coração das pedras. Trovões faziam tremer o subterrâneo, e raios atiçavam chamas entre as pedras. As paredes desabaram sobre os atacantes, e uma enorme corrente de água arrastou a rainha, as damas e Monostatos para muito longe dali.

Num salão do templo, Pamina e Tamino ouviram o ruído do desabamento e gritos. Logo Sarastro chegou, cercado de guardas. Nem foi preciso perguntar o que tinha acontecido, ele já foi explicando:

– Como esperávamos, a Rainha da Noite tentou nos atacar. Mas seu poder se foi, e a maioria de seus guerreiros foi destruída ou fugiu. Ela e Monostatos foram carregados pelas águas para fora do reino...

Pamina sentiu tristeza pela mãe, e Tamino abraçou-a, tentando lhe dar algum conforto. Desse modo, seguiram Sarastro, que os levou para o palácio.

Amanhecia. O sol brilhava sobre o reino, e eles sabiam agora que seriam felizes ali, pois tiveram coragem de lutar pelo direito de ficarem juntos.

Quem foi Mozart?

Wolfgang Amadeus Mozart nasceu em Salzburgo, na Áustria, em 1756. Considerado uma criança prodígio, desde cedo já tocava violino, piano e cravo, compunha belas peças musicais e se apresentava para reis e rainhas da Europa. Escreveu várias óperas – histórias contadas no teatro por meio de canções chamadas árias. A música de *A flauta mágica* foi escrita por ele, e o libreto – letra e diálogos da ópera –, pelo empresário e ator Emanuel Schikaneder.

Mozart morreu em Viena, em 1791, com apenas 35 anos, três meses depois da estreia dessa ópera. Alguns dizem que, antes de falecer, ele vivia cantarolando a ária de Papagueno, sua favorita: "Eu sou o apanhador de pássaros...".

Quem é Rosana Rios?

A paulistana Rosana Rios é escritora, ilustradora, pintora, roteirista e dramaturga. Graduada em Arte-Educação e Artes Plásticas, foi professora durante algum tempo e redigiu programas infantis para a tevê. Tem 77 livros publicados e já ganhou vários prêmios, além do selo Altamente Recomendável da Fundação Nacional do Livro Infantil e Juvenil (FNLIJ).

Contudo, Rosana se considera mesmo uma contadora de histórias e diz que sua vida é escrever muitos textos, que geralmente acabam virando livros. Escreve para crianças e jovens, e seu gênero preferido é aventura, embora também goste de humor e poesia. Adora literatura fantástica e filmes de ficção científica.

Quem é Nelson Cruz?

Nelson Cruz nasceu em Belo Horizonte e mora em Santa Luzia (MG). Trabalhou na imprensa mineira como ilustrador e caricaturista. Ilustra livros há mais de 15 anos e já ganhou duas vezes o prêmio Octogonal, em Paris, França. Em 2002, foi indicado pela FNLIJ ao prêmio Hans Christian Andersen de ilustração e, em 2004, para a lista de honra da IBBY com o livro *Conto de escola*, de Machado de Assis.

A flauta mágica

Wolfgang Amadeus Mozart e Emanuel Schikaneder

adaptação de Rosana Rios
ilustrações de Nelson Cruz

A princesa Pamina foi raptada a mando de um poderoso feiticeiro. Ao ver o retrato da moça num camafeu, o príncipe Tamino apaixonou-se por ela e ficou encarregado de resgatá-la, com a ajuda de uma flauta mágica e de Papagueno, o apanhador de pássaros. Mas, para isso, teria de enfrentar muitos perigos. Uma história de amor e coragem, povoada de magia e seres fantásticos.

Este encarte faz parte do livro. Não pode ser vendido separadamente.

editora scipione

As personagens

 Você já deve ter percebido que nos contos de fadas geralmente o herói passa por várias provas até receber a recompensa final, que pode ser tornar-se rei ou casar-se com uma princesa. Geralmente nessas histórias os heróis têm que vencer não apenas os inimigos de fora, como também os inimigos de dentro (quer dizer, suas próprias fraquezas e defeitos) para se tornarem seres humanos mais fortes e melhores. Que tal fazer um passeio pela obra *A flauta mágica* do ponto de vista de uma personagem muito especial: o herói? É só reler a história prestando bastante atenção em tudo o que acontece com Tamino e depois enumerar as colunas.

(a) O herói aceita o desafio, às vezes com medo, mas sempre com convicção.

(b) Começa uma viagem arriscada, para um lugar estranho.

(c) Passa por várias provas.

(d) Recebe um objeto mágico para ajudá-lo a vencer as dificuldades.

(e) Por fim, o herói vence e conquista o objetivo pretendido.

(　) Tamino aceita enfrentar Sarastro para trazer Pamina de volta.

(　) Recebe como objeto mágico uma flauta mágica.

(　) É aceito no reino da Sabedoria e pode namorar com Pamina.

(　) Segue pela floresta em busca do reino de Sarastro.

(　) Passa pela prova do silêncio e enfrenta a prova do fogo e da água.

Tamino e Pamina são personagens que demonstram muitas qualidades. Há situações diferentes para que cada um deles cultive (ou modifique) seus sentimentos e valores. Ao passar por essas provas, eles acabam nos mostrando a importância de certas atitudes que fazem toda a diferença na educação de um herói.

Na nossa vida às vezes também surgem situações que nos ajudam a exercitar nossa capacidade de tomar decisões, de escolher o melhor caminho a seguir. Às vezes por imposição, às vezes de modo voluntário, temos de fazer opções. Essas situações funcionam como verdadeiras provas "iniciáticas", para testar nossa força de vontade, disciplina e disposição para vencer os desafios que a vida nos apresenta.

Que tal descobrir na obra *A flauta mágica* como se deram essas provas e as atitudes das personagens Tamino e Pamina diante delas?

a) Saber dizer não aos maus sentimentos (vingança, traição).

_____

_____

_____

b) Enfrentar de modo corajoso e inteligente as "provas de fogo" que a vida nos traz.

_____

_____

_____

c) Ter firmeza de caráter para resistir às tentações.

_____
_____
_____
_____
_____
_____

d) Estar pronto para ser solidário, isto é, ser capaz de dar apoio a quem precisa para, juntos, vencerem os obstáculos.

_____
_____
_____
_____
_____
_____

e) Descobrir o que realmente deseja o seu coração e lutar por isso, com paciência e persistência.

_____
_____
_____
_____
_____
_____
_____

f) Não fazer julgamentos precipitados.

_____
_____
_____
_____
_____
_____

Pesquisa

Você acabou de ler uma história em que há um objeto muito especial que decide o destino de todos: uma flauta. Esse instrumento existe desde muito antigamente e em muitas culturas. Há vários tipos de flauta: que tal fazer uma pesquisa sobre a flauta de Pã? Escreva suas descobertas no espaço abaixo.

Para soltar a criatividade

1) Que tal escrever e desenhar uma história com heróis e heroínas, como em *A flauta mágica*, só que em um cenário atual? Reúna-se com seus colegas e distribua as tarefas da seguinte forma:

a) Uma pessoa imagina o começo da história.

b) Outra cria o desenrolar da trama.

c) Um terceiro colega inventa o desfecho.

d) Depois, é só ilustrar as cenas criadas por vocês.

e) Para finalizar a atividade, exponha o texto e os desenhos feitos pelo seu grupo para o restante da turma.

Use o espaço abaixo para rascunhar suas ideias.

_____
_____
_____
_____
_____
_____
_____
_____
_____

2 Agora, conte a história de um herói que vive muitas e muitas aventuras e, no final, consegue chegar ao seu objetivo. Vale incluir objetos mágicos, bruxos, vilões, monstros e fadas, tudo o que você quiser, para deixar seu texto mais emocionante.

Você já tinha ouvido falar em ópera? Sabe o que é essa forma de arte? Alguns diriam que é meio teatro, meio música, meio contação de histórias. Na verdade, ópera é tudo isso junto: poesia, teatro e uma história dramática costurando tudo, com acompanhamento de uma orquestra. A ópera existe há mais de 400 anos. As primeiras apresentações ocorreram em 1597, na Itália.

No decorrer dos séculos, os temas e estilos se modificaram um pouco, mas a música lírica (composições para ópera) continua deslumbrando as plateias do mundo todo. Desde o primeiro músico, o italiano Jacopo Peri, até hoje, não faltaram excelentes compositores para esse tipo de espetáculo.

A flauta mágica foi escrita originalmente para ser apresentada como ópera em um grande teatro. Que tal montar uma parte da história que você leu como se fosse ópera?

a) Converse com seus colegas. Escolham um trecho da história para ser encenado.

b) Combinem que papel cada um vai representar.

c) Criem uma melodia para as "falas" de cada personagem.

d) Depois é só ensaiar e apresentar para o restante da turma.

Para se divertir

 Encontre no diagrama o nome de sete personagens do livro.

S	Y	U	J	N	B	F	V	C	X	R	T	G	H	J	K	K	L
O	I	M	G	H	T	Y	S	C	F	V	N	H	N	S	W	W	H
M	R	A	I	N	H	A	D	A	N	O	I	T	E	D	F	S	G
G	A	L	U	T	M	E	C	S	T	M	S	W	Y	R	B	E	V
H	U	C	B	E	R	P	A	P	A	G	U	E	N	A	M	I	N
N	W	E	F	G	H	J	K	M	S	C	O	T	T	E	R	T	I
V	E	L	T	H	O	G	U	L	A	P	M	R	D	S	S	K	L
U	G	E	A	K	M	T	I	N	P	A	M	I	N	A	C	T	H
F	K	M	M	A	S	D	F	G	J	P	K	U	M	R	F	Y	T
V	A	S	I	B	G	F	C	S	S	A	X	I	X	A	Y	T	X
G	P	R	N	T	G	E	D	S	J	G	K	Z	C	S	V	X	Z
M	O	N	O	S	T	A	T	O	S	U	X	T	C	T	M	T	Y
W	A	S	I	M	K	F	S	H	T	E	X	H	E	R	J	H	L
X	B	M	T	O	M	S	A	W	Y	N	R	A	E	O	W	J	K
N	B	V	X	U	Y	T	S	M	H	O	S	T	F	E	C	H	S
A	C	I	N	A	K	T	T	E	K	R	Q	C	T	S	B	M	U
U	Y	E	R	T	B	J	M	K	S	Y	X	H	H	S	V	F	G
R	F	G	B	H	J	N	F	T	Y	F	S	E	S	F	G	W	E
O	P	E	B	M	O	P	E	S	S	I	S	R	S	C	V	N	H
K	I	W	E	R	U	J	I	B	U	N	J	D	J	U	N	J	E
U	C	B	E	F	I	L	L	S	D	N	X	D	F	G	N	V	D

2 Que tal montar um quebra-cabeça? Recorte a ilustração abaixo, que é uma cena da história. Em seguida, cole-a num papel cartão ou cartolina. Depois é só chamar alguns colegas e brincar.